AF339542

CARACTÈRE

DES

RÉVOLUTIONS

PAR

Paulin PENE-CASTEL

LIVRAISON. — 50 CENTIMES.

ON S'ABONNE POUR L'OUVRAGE :

A Paris, chez l'Auteur, Faubourg Saint-Denis, 109, et chez M. DOUAY,
Directeur d'un Office d'enseignement, Faubourg Saint-Martin, 61.

1858

PRÉFACE

Le *Caractère des Révolutions*, que plusieurs sommités littéraires nous ont engagé à publier, trouvera, nous en sommes sûr, l'indulgence qu'un public éclairé accorde toujours aux œuvres d'un auteur qui n'a écrit que pour généraliser le bien, en éclairant les peuples, dont la bienveillance s'étendra, sans limites, sur un travail appelé à être lu par tout le monde.

Ce n'est qu'à force de prières que nous nous sommes décidé à mettre notre ouvrage sous presse; peut-être aurions-nous mieux fait de rester inconnu; mais puisque nous nous sommes laissé vaincre par des arguments généreux, nous prévenons nos lecteurs que l'ouvrage paraîtra par livraisons de 50 centimes chaque. C'est pour faciliter, aux classes laborieuses, les moyens de pouvoir souscrire à l'abonnement, que nous avons cru prudent de prendre cette mesure.

Paulin PENE-CASTEL.

Vaugirard, imp. Choisnet, rue de l'Eglise, 6.

INTRODUCTION

———

I.

La loi commune à toutes les nations, comme aux individus, est celle de passer par le doute avant de changer de croyance ; douter d'une chose, d'un fait, c'est vivre dans des transes mortelles ; c'est s'assimiler aux animaux, qui ne connaissent de la vie que ce qu'il en faut pour arriver à la mort. Le doute, disons-nous, est l'ennemi mortel de la société en général ; aussi, lorsque cette maladie morale ronge les peuples, on ne saurait assez la combattre pour l'anéantir et pour éclairer les hommes sur leurs intérêts homogènes, en recherchant, dans la lutte, le secret qui s'attache à la naissance, à la vie et à la mort des sociétés. La croyance qui rallie tous les hommes, tous les esprits, la pensée qui fait mouvoir tous les organes, c'est la liberté, qui semble présenter toutes les garanties de bien-être. Mais comprend-on bien que la liberté illimitée enfante l'égoïsme et tend à la désunion sociale, en constituant l'individualisme ? Aussi, qui désire une liberté sans entraves, désire l'oppression par la force brutale, la vengeance pour la faire éclater terrible sans impunité.

Tous les excès, tous les désordres, tous les vices viendraient ravager l'humanité, parce qu'il n'y aurait plus de frein pour maintenir la fougue des passions qui domineraient sur la terre.

L'égalité, tant prônée par les utopistes, est elle-même impossible, quant aux conséquences matérielles et métaphysiques; la loi occulte, qui en régit le mécanisme, est immuable et par conséquent incontestable, parce qu'elle émane de Dieu.

Tant que régnera l'égoïsme, point de fraternité. Le bien ne fraternise pas avec le mal; la probité ne tend pas sa main pure à la corruption, pas plus que la vertu ne la tend au vice.

L'ordre des croyances est aussi vieux que le monde; depuis que le premier homme parut sur la terre, il dut avoir un besoin de croire; or, en multipliant sa race, il multiplia les croyances, qui, successivement, arrivèrent à l'état de contradiction.

Aujourd'hui, elles ne sont, selon nous, que des opinions plus ou moins enracinées, plus ou moins justes, sujettes, comme toutes choses fragiles, à succomber et à dépérir faute de bases solides, ou à devenir un culte par une démonstration évidente, irréfutable, dont le point dominant serait la vérité.

La mission de l'écrivain est donc sublime lorsqu'il travaille, avec conviction, à répandre la lumière autour des masses, avides de s'éclairer au flambeau de l'intelligence. Son impartialité, en face des hommes et des événements, doit être son puissant bouclier pour parer les coups que lui porteront la haine et l'envie.

Non ! non ! on ne fait pas une société avec de l'égoïsme ; on ne la maintiendra jamais avec une liberté sans frein, pas plus qu'avec de l'oppression et de la tyrannie ; mais on la consolidera avec la raison, la justice, l'abnégation, la vertu et l'honneur.

Il est donc beau d'éloigner des regards des peuples le triste spectacle des révolutions, et surtout l'effrayant tableau des guerres civiles, qui ont si souvent ravagé la France. C'est l'unique but que nous nous sommes proposé en écrivant cet ouvrage ; certes, nous ne nous dissimulons pas notre témérité à le publier, car nous savons d'avance toutes les clameurs qui vont se soulever contre nous, toutes les diatribes que ce travail va provoquer, toutes les haines mesquines que nous attirons sur notre tête de la part de certains hommes dont le seul penchant est de toujours détruire et jamais de réédifier. Heureusement, ceux-là sont en petit nombre et ne pourront atteindre à la hauteur de nos arguments empreints de vérité, car s'ils l'essayaient, ils ne travailleraient qu'à leur propre honte et se fourvoieraient dans de sottes répliques.

Rien donc ne pourra arrêter notre plume, et notre ferme volonté étant de nous rendre utile à nos semblables, nous ne saurions hésiter devant une foule de petites considérations qui doivent rester anéanties en vue du bien général.

Nous n'avons qu'un seul désir, celui de faire et de provoquer le bien, en le généralisant le plus largement possible. De là découle naturellement le maintien du bon ordre, l'obéissance aux lois, le respect et la vénération pour un gouvernement paternel qui sauvegarderait les intérêts de tous en répandant le bien-être sur son peuple ; qui maintiendrait l'inviolabilité des lois, et respecterait la liberté individuelle,

Les révolutions successives, provoquées par les nombreuses fautes des pouvoirs antérieurs, présentent toutes des caractères uniformes, quant à leurs causes, quant à leur solution ; des haines mesquines, des désirs ambitieux et tracassiers, des besoins de vengeance en ont été les germes féconds ; mais les résultats désastreux pour les peuples, imprimés sur les ailes du temps, burinés sur le marbre, tracés sur les pavés avec le sang généreux et les larmes des victimes, attesteront, aux futures générations, les erreurs et les fautes des monarques qui provoquèrent tous ces malheurs ou ne surent pas les éviter : reproche vivant et cruel, qui les poursuit jusqu'au tombeau comme un remords éternel.

Nous ne traiterons, dans notre travail, que de quelques révolutions, dont les faits caractérisques semblent se lier davantage au grand mouvement révolutionnaire de. 93. C'est donc plus une faible exquisse de pensées qui se rattachent à ce géant du xviiie siècle, qu'une série de révolutions, telles qu'elles se sont succédées, que nous offrons au peuple français, toujours avide de s'abreuver dans la coupe de l'héroïsme et de l'honneur, mais surtout heureux de pouvoir hautement manifester son énergique répulsion, en face des crimes atroces commis par les bourreaux de l'humanité, à n'importe quelle classe qu'ils appartiennent.

La France a eu assez d'exemples frappants sous les yeux, pour qu'elle désire encore, aujourd'hui, le retour d'une dynastie royale; les enseignements trop édifiants, contenus dans l'histoire des rois, suffisent seuls, pour provoquer une réponse négative de la part de la nation.

Empressons-nous pourtant de rendre justice à quelques-uns de nos monarques, tels que Clovis Ier, Clotaire II, Charlemagne, Charles V, Louis XII, François Ier, Henri IV, Louis IX et Louis XIV, qui furent de grand hommes; mais pourtant pas assez, selon nous, puisqu'ils négligèrent l'intérêt général des masses, pour ne s'occuper que d'agrandir leur puissance au détriment du peuple, aussi bien qu'à l'avantage de quelques favoris aussi ingrats que gloutons.

Aujourd'hui, la royauté semble avoir fait son temps parmi nous. Les nombreuses secousses, qu'a ressenties la société, se présentent encore effrayantes à l'esprit du peuple, dont la trop grande confiance dans les pouvoirs antérieurs lui a toujours été funeste. Mais peut-on lire dans le livre de l'avenir? Le prestige d'une couronne est un aimant trop irrésistible, auquel s'attachent l'ambition, la soif des richesses et des honneurs, pour que quelques hommes ne viennent pas encore, à un jour plus ou moins éloigné, se saisir d'un pouvoir bienfaisant, qu'ils pourront ruiner en s'ensevelissant sous ses décombres fumants.

La chute serait d'autant plus terrible qu'il n'y a plus d'union sociale ; tout le mécanisme des gouvernements ne repose plus que sur une faible nécessité : c'est la crainte du soi-même.

L'individualisme est le centre de gravitation de la société. La grande famille humaine semble avoir pris à cœur de se disloquer complètement. En effet, on ne compte plus que par nations, par provinces, par fortunes, par misère, par position, par haines, par honneurs, par métiers, par profits et par pertes. Les cris de joie n'ont plus d'échos que les lambris des salons, tandis que la douleur se refoule avec amertume au fond de chaque cœur en particulier. L'égoïsme règne ; Machaviel doit rire dans l'autre monde : il s'est immortalisé...

L'harmonie n'est presque plus nulle part, pas même dans l'âtre des familles les moins nombreuses, depuis que le froid égoïsme s'y est insinueusement introduit comme le véritable génie du mal. Au lieu de dévouements sublimes, de sacrifices généreux qui devraient constamment surgir inépuisables du sein de la société, on ne rencontre que mépris, dédain et insouciance de toutes parts. L'homme ne connait de dévouement que ce qu'il en faut pour se traîner à la remorque de son existence, et ne s'impose de sacrifices qu'autant qu'ils peuvent lui être personnellement, avantageux.

Cette vérité a été généralement sentie, sans qu'au dehors, on ait voulu la soutenir, parce qu'elle serait une honte ou un remords à chaque individu.

L'union sociale se renouera un jour ; les membres de la grande famille reviendront sur les erreurs de leurs aïeux et y puiseront de salutaires leçons. Aujourd'hui même, il n'y aurait qu'un pas à faire pour resserrer les liens fraternels entre tous les hommes. Cette question si importante, méritera sans doute d'être étudiée, puisque d'elle seule dépend le bien-être général des peuples.

Quant à nous, nous avons toujours été pour l'ordre et pour le progrès. Or, nous admettons tout ce qui est sage, loyal et généreux en temps de paix, énergique et sévère en face du danger ; et, sous quelque forme que se présente un gouvernement, sans le désirer, sans le provoquer même, si les rênes en sont bien dirigées, nous en admirons les mains qui les tiennent, bien persuadé que nous n'irons pas heurter sur un écueil.

Au contraire, si nous nous apercevions que le pouvoir, qui nous guiderait, aurait pour lui l'inexpérience ou la faiblesse, notre voix s'élèverait douce et persuasive pour l'en avertir à temps, sans craindre d'encourir ni une disgrace, ni un reproche de la part de celui que nous aurions rappelé à lui-même.

L'esprit de l'homme est si fragile, si inconstant,

qu'il est susceptible de faire fausse route; c'est pour cette raison qu'on ne devrait jamais s'arrêter à aucune résolution avant d'avoir bien prévu les effets qu'elle peut produire et les conséquences bonnes ou mauvaises qu'elle peut entraîner.

Lorsque le jugement s'égare et devient en contradiction avec lui-même, c'est que le raisonnement logique a fait défaut et que le cerveau humain est resté oisif; et pourtant, malgré sa faiblesse et son oisiveté, il produit fort souvent de nobles et sublimes pensées qui ne manquent pas de porter d'utiles fruits, tandis qu'il en enfante souvent de trop funestes qui ne deviennent qu'un véritable brandon de discorde, un réceptacle d'immondices et de platitudes, que la sottise, la décrépitude et les plus hideuses passions engendrent pour bouleverser l'ordre social.

Nous nous proposons d'analyser succinctement les déplorables effets provoqués par quelques révolutions, les fautes des pouvoirs et les funestes erreurs des peuples, en nous renfermant surtout dans l'ordre moral, et sans porter la moindre atteinte à ce qui touche le principe religieux et politique.

Ce n'est pas peu de chose que d'oser élever sa faible voix, pour dire combien il serait facile de remédier à certains maux qui ravagent l'humanité et affligent la société. Si quelques mots pourtant nous échappaient en écrivant, et qu'ils fussent mal interprétés, nous protestons d'avance contre une telle erreur, attendu que notre intention n'a été que celle d'éclairer les masses, sans blâmer aucun acte gouvernemental. Nous dirons seulement ce qu'on devrait faire pour rendre le peuple heureux, et nous exhortons les gouvernements à suivre une marche généreuse, s'ils veulent éviter de nouvelles catastrophes, s'ils aiment enfin que la nation leur voue ses sympathies et les défende contre les attaques de quelques hommes qui n'ont que l'ambition pour mobile, et le désir de bouleverser la société.

Un gouvernement qui ne voit dans les hommes que des instruments de travail, des mécanismes dont il fait mouvoir les rouages à son gré, ne sera jamais ni fort ni stable, car l'inévitable résultat de son erreur est de diviser ses sujets et de s'en faire autant d'ennemis.

Diviser pour régner, opposer les hommes aux hommes, les nations aux nations, la ruse à la ruse, la violence à la raison, à la faiblesse, telle a été la devise de certains pouvoirs, telle a été leur condition d'existence; mais quant à la sécurité, elle a disparu sous l'œil de la vengeance qui veille toujours sur l'injustice, l'oppression et la tyrannie, qu'une main coupable atteint tôt ou tard.

Aujourd'hui, malgré la diversité de désirs et d'opinions, quoique la société, sous le rapport des intérêts matériels, soit partagée en plusieurs classes, la France semble reprendre une impulsion de mouvement dans le sens de l'unité sociale, grâce à l'heureuse influence du pouvoir actuel.

L'empereur Napoléon III a fait ses preuves de

courage et de sagesse; personne ne peut le contester. Cependant ceux qui ne veulent pas raisonner ou qui ne le savent pas, ne voient, dans l'auguste monarque, qu'un souverain sévère, parce qu'ils sont impuissants à se créer un raisonnement juste et équitable.

Ce n'est pas celui qui manque de travail, de pain et d'un abri, qui se plaindra, parce que celui-là est plein d'une noble résignation et n'attend un meilleur sort que de Dieu. Ceux qui font bourdonner leurs injustes plaintes à nos oreilles sont précisément des hommes à qui rien ne manque, et qui n'ont pour seule distraction que de fomenter les esprits. Le mécontentement, la haine et les fauteurs éternels sont dans les régions élevées du matérialisme. Si l'ouvrier s'est soulevé, qu'on ne dise plus qu'il a pris les armes pour le plaisir de verser du sang; une désastreuse misère, les dernières étreintes de la faim, les cris de ses petits enfants, le visage décharné de sa femme et les séductions de quelques misérables, ont seuls concouru à cet acte de désespoir.

Aujourd'hui, revenus de leurs erreurs, les braves travailleurs préfèrent tomber d'inanition dans les rues, plutôt que de se révolter contre le pouvoir. Nous admirons ce noble héroïsme ! On ne doit pas être homicide envers sa patrie; il y a de la gloire à savoir se sacrifier pour elle ! Le soldat meurt sur le champ de bataille, il a payé sa dette à Dieu et à son pays; l'ouvrier meurt de douleur, de faim, de misère ou de désespoir, plutôt que de se révolter contre les lois : sa gloire en est doublement grande, car il eut pu vivre au détriment de l'honneur, et il préfère mourir, tandis que le premier n'agit que sous l'égide d'une discipline et des prérogatives attachées à la loi de recrutement.

Un monarque qui a tant à faire ne peut consciencieusement pas apporter, au sein de la nation, toutes les améliorations désirées, surtout dans l'espace de quelques années. On le comprendra ; un homme travaille jour et nuit pour procurer le bien-être à sa famille ; mais ses enfants, trop impatients ou trop injustes, ne lui donnant pas le temps de se reconnaître dans ses occupations, il en résultera confusion dans l'origine, précipitation dans l'ensemble, mauvaise exécution dans le tout, et comme conséquence déplorable, stagnation des travaux, qui remorque après elle la misère, le désespoir et la mort.

L'impatience conduit souvent à l'injustice et à l'erreur. L'ardent désir de posséder rend les hommes égoïstes et durs, et cette soif des richesses, qui est inhérente à l'individualité, est bien loin d'être également étanchée chez tous les hommes. Voilà pourquoi chacun aspire à avoir vite sa part de fortune, parce qu'il lui semble qu'il n'est pas né pour mourir pauvre, et c'est précisément cette précipitation incalculée, qu'il met à vouloir tout saisir, qui fait qu'il ne saisit jamais rien, ou presque rien

Il en est ainsi d'un gouvernement. Il y a toujours

des insoumis et des ambitieux : les enfants, c'est le peuple ; le père, c'est le souverain à qui l'on ne veut pas accorder le temps nécessaire pour élaborer son travail. Tout le monde voudrait être empereur, roi, président, suffète ou consul, sans se préoccuper des qualités éminentes dont il faut être doué pour remplir dignement ces hauts emplois, qui entraînent après eux l'abnégation individuelle et le dévouement le plus sublime pour le bien des peuples.

II.

Traiter une question politique, c'est marcher sur un terrain ardu que ne manqueront pas d'empiéter les esprits d'éternelle contradiction ; mais comme nous ne sortirons pas de notre franchise habituelle, nous déclarons que, fussions-nous poursuivi, traqué à outrance par une polémique déloyale, nous n'en continuerons pas moins à dire toute notre pensée.

Certes, nous n'avons pas la prétention d'innover, encore moins celle de nous former une nouvelle école et de la faire admettre par les novateurs éternels. En puisant dans l'histoire ancienne et moderne, en en approfondissant toutes les parties jusqu'à ses moindres détails, il est facile de se convaincre qu'elle n'est que l'avant-courrier de l'histoire contemporaine. Changez les hommes, les époques et les lieux, et vous trouverez l'analogie des mêmes faits : d'un côté le faible opprimé par le fort, qui, dominant toujours, cherchait, alors comme aujourd'hui, les moyens d'étendre sa tyrannique domination sur les peuples trop crédules, servant constamment de marche-pied à l'ambition.

Sans doute, l'ignorance dans laquelle vivait l'humanité de ses droits, de ses prérogatives, était le point dominant de cet état de choses ; aussi, depuis que la lumière intellectuelle s'étend autour des masses, on voit peu à peu l'émancipation croître, grandir et secouer le joug qui pesait sur elle.

Mais si, d'un côté, les hommes travaillent et cherchent à s'instruire et à mettre, entre eux et la brute, l'intelligence qui les en distingue, il est à déplorer que les passions dominent encore avec autant de force et les poussent, à chaque instant, à des actes barbares, et à s'entregorger sans pitié, dans l'unique but d'assouvir leurs haines ou leur ambition.

Encore quelque temps, et les nouvelles générations recueilleront tous les fruits produits par l'incessante et heureuse progression des idées, parce qu'elles comprendront mieux leurs devoirs envers elles-mêmes et envers les gouvernements qu'elles sauront mieux se choisir, mais qu'on ne saura plus leur imposer.

Lorsqu'une puissance, protectrice de la liberté et de l'honneur, dirige les intérêts de tout un peuple et qu'elle s'efforce d'améliorer le sort de ses administrés, on ne saurait assez l'aider dans ses labeurs pour lui rendre sa tâche plus facile et moins pénible. Mais on ne veut ou on ne peut pas comprendre, que, pour réédifier un monument qui vient d'éprouver les terribles secousses de plusieurs révolutions successives, il faut au moins un temps moral pour accomplir cette œuvre gigantesque.

Le peuple a des moments frénétiques, et des emportements trop imposants ! Quand ses ondulations commencent, elles font frémir, parce qu'à leur choc, rien ne résiste ; tout disparait sous ses efforts terribles, qui ne laissent après eux que ruines et misère !...

Qu'on ne dise plus surtout que le peuple Français est inconstant et léger dans ses idées, dans ses désirs ? Non ! non ! à ces qualifications erronées nous répondons : Le peuple Français est profond et généreux ; c'est un enfant poétique qui aime le grandiose, tout ce qui le transporte dans des régions inconnues ; c'est le sang des vainqueurs des Gaulois qui circule dans les veines des Francs modernes ; il ne souffre pas l'injustice ni la tyrannie, c'est une insulte faite au nom qu'il porte ; qu'on ne le blâme pas alors, s'il a combattu pour reconquérir ses droits et sa liberté !

Lorsqu'une constitution est faite, elle ne doit pas être imposée à la nation sans son assentiment général, attendu qu'elle est la sauvegarde de tout un peuple, qui, seul, a le droit d'admettre ce qui lui paraît juste et de refuser ce qui lui serait onéreux. Or, une majorité factice ne peut pas, sans se rendre coupable, s'arroger le droit d'imposer une volonté égoïste à une nation, sans qu'au préalable elle ratifie les actes de ses mandants.

Conditions de la Souscription.

L'ouvrage formera un beau volume grand in-8° papier raisin.
Il se publie en 12 livraisons.
Chaque livraison est composée d'une feuille de 16 pages.

Prix de chaque Livraison : 50 centimes.

Il paraît une Livraison par mois.

On Souscrit :

Chez les principaux libraires de chaque ville, dans les départements ;
et à l'Office d'enseignement, rue du Faubourg Saint-Martin, 61.

OUVRAGES DU MÉME AUTEUR.

SOUS PRESSE :

Un Voyage dans les Pyrennées.
Nouvelle Grammaire française.
Les Ministres du Seigneur ou les Apôtres de la Loi Chrétienne.
Nouveau Système de Démonstration graphique.
Lexicologie, sur un plan neuf.

Vaugirard, imp. d'Alfred Choisnet, rue de l'Eglise, 6.